사랑의 보약을 마시자

사랑의 보약을 마시자

2024년 12월 30일 제 1판 인쇄 발행

지 은 이 ㅣ 한임동
펴 낸 이 ㅣ 박종래
펴 낸 곳 ㅣ 도서출판 명성서림

등록번호 ㅣ 3012014013
주   소 ㅣ 04625 서울시 중구 필동로6(2,3층)
대표전화 ㅣ 02)22772800
팩   스 ㅣ 02)22778945
이 메 일 ㅣ msprint8944@naver.com

값 10,000원
ISBN 979-11-94200-54-3

사랑의 보약을 마시자

한임동 시집

도서출판 명성서림

🖋 시인의 말

-제 4집을 출간하며

계획대로 제 4집을 출간하게되었다. 시는 여름에 완료
해 놓고 수필도 한,두편 부족하여 같이 출간 하려다가
예기치 못한 일이 발생하여 시집부터 발감함에 올해안
에 출간하게 되니 마음이 홀가분하다. 하고 나면 부족한
듯 많이 느끼지만 항상 노력하는 자세로 준비 할 마음을
다짐한다.

2024.10, 권등제에서

한임동

목차

1부 자연이 주는 교훈

2부 행복의 속삭임

3부 수첩과 연필

4부 가정의 향기

5부 초록향기

6부 건강의 조건

1부

자연이 주는 교훈

인생은

인생은 여행같이
항상 설레는 마음으로

인생은 어린이같이
항상 꿈꾸는 맘으로

인생은 청년같이
항상 희망의 마음으로

고난이 닥치면 이겨내는 의지
안되는 일에도 도전하는 끈기

인생은 어느곳에서도 길이 있으니
목표가 있어야 하고

인생은 어느곳에서도 시험하는곳
무엇을하든 땀을 흘려야

인생이란
땀 흘린 자에게만 행복을 안긴다

다듬이 소리

다듬이질은
시어머니와 며느리가 마주 앉아
풀먹인 옷을 두드리는 행위

다듬이질은
시어머니도 며느리도 고추당초
매운 생활의 넋두리소리

다듬이질은
장단의 높고 낮음에 맞춤은
서로가 같은 삶의 애환에소리

다듬이질은
늦가을의 가을거지하듯 대청마루에서
해지기전 서두르는 20세기 마지막 행위

다듬이질은
다듬이 돌과 다듬이 방망이로
의복의 질을 높이는 한국의 문화의 소리

다듬이질은
여자 일생에 가장 아름답고
어머니로 변하는 위대한 행위 예술이다.

나눔의 행복

새참을 밭두럭에서 먹을 때
지나는 길손에게 막걸리 한잔 권하며
세상얘기 나누는 즐거움

감자,고구마를 캐던날
이웃집에 한솟쿠리 주며 커피 마시면서
환한 얼굴보며 정담을 나누는 즐거움

가을에 추수를 거둔뒤
고사떡을 이웃집에 돌리며
맛있게 먹겠다며 나누어 먹는 즐거움

자라나는 아이들 옷이 작을 때
잘 정리해둔 큰애들 옷 나눠주며
형제애를 느끼게 해주는 즐거움

혼자 살아가면 재미가 없는데
이웃과 정담 나누며 살면서
마을회관에 모여 이야기하는 즐거움

나눔이란 많은것에만 있지않고
작은것에도 마음으로 전달되는
스스로 행동으로 실천하는 즐거움

나눔속엔 선한 마음이 삭트고
세상에 모든것이 아름답게 보이며
함께 손잡고 공유하는 즐거움

나눔의 실천은 모르는 마음도 열리고
열린 마음속엔 안되는 일이 없으며
언제나 행복한 시간이 깃드는 즐거움.

석양-2

하루일을 마치고
삼패공원 강가를 산책할때면
붉게 물든 석양에 나는 가슴이 뛴다

석양에 비친
잔잔한 강물은 은빛 너울대고
아름다운 석양은 내 가슴을 뜨겁게 달군다

누가 석양을 황혼이라 했나
나는 저 아름다움에 피곤함이 사라지고
내일의 꿈이 활화산처럼 피어나는데

아름다운것

지나간 것이 생각나는것은
그것이 그리움

그리움이 떠 오른다는것은
이제 그대 생각이 성숙되 가는것

그 때 그 시간을 그리다보면
그 모습들이 모두 아름다워

그래서

현재는 즐거움만이 존재하는것이고
아름다움은 추억속에 있는것이니

현제에 즐거움은 곧 사라지고
아름다움은 사라지지 않고 잠재되 있는것

아름다움을 느끼게 되면
그대는 세상을 알고 비로서 연륜이 쌓인 것이다

등산

산을 오르니 참 즐겁다
맑은 공기가 정신을 산뜻하게 만들고
계곡으로 흐르는 물소리도 청량하고
바위로 나무로 재롱대는 다람쥐도 귀엽다

계곡따라 오르고, 가파른 바위길도 지나고
산길은 오르락 내리락 오르다보면
등허리엔 송골송골 땀 방울이 맺히고
쉼터에 앉아 물 한 모금 마시니 힘이 솟는다

산에 오르면 마음이 넓어지고
솔향기 풀냄새가 정신을 산뜻하게 해준다
오를 때 힘든몸이 정상에선 날듯이 좋다
오를때는 온 힘을 다하여 땀흘리며 오르는데

내려갈때 방심하다가 연골을 상하게한다
오를때와 내려갈때 똑 같은 맘을 길러라
시작보다 더 중요한것이 마무리이니
등산은 살아가는 행로에 단련의 교훈이다

봄

봄은 심술쟁이
봄바람은 나무를 흔들어대고
봄은 힘센 항우장사
꽁꽁 얼어붙은 땅을 녹여버리고

봄은 요술쟁이
노오란 연약한 싹이
굳은 땅을 들치고 나오고
종달새 아지랭이를 불러온다

봄은 연출가
앙상한 가지에 싹을 돋게하고
죽어있는 잡초에 새싹이 나오고
잡초엔 따다지꽃 나무가지엔 목련화

봄은 시작에 알림이요
씨앗을 뿌리고 계획을 알리고
부지런히 일해야 땀을 흘리게하고
후일 승패를 알리는 가장 중요한 계절이다

봄과 어린이

태양의 축복을 받으며
흙을 들추고 나오는 새싹의 힘

봄 세상은 따스할줄 알았는데
비바람도 있고 매서운 봄바람의 살이튼다

연약한 싹이라 울고,응석도 부려도
혼자 뒤집고 기고 일어나서 걸어야 한다

순한 새싹도 햇빛을 봐야 튼튼해지고
살얼음 밑에서도 견디는것을 배워야 한다

애기들은 여린 새싹과 같으니
과잉보호는 고난을 극복하지 못하고 쓰러저

연한 새싹이 잘 자라게 하는것은
보이지 않는 뿌리를 튼튼하게 길러야 한다

튼튼하게 건전하게 자라나는것은
무한한 노력과 고통을 이겨낸 자에게만 깃든다

여름

여름은
정렬에 계절
맘껏 활개 치도록 날씨도 더운것
씨앗이 잘 자랄때 정성드려 가꾸어야 하며
삼복더위에도 땀흘리며 가꾸는 노력을 요구함이니

여름은
성숙의 계절
잘 가꾸고,잘 위하고,잘 다듬어야
시기를 노치면 다시 오지 않는 그 시간
시간을 황금같이 계획있게 사용해야 하는 계절

여름은
모든 만물의 성장을 위해
물과 햇빛을 가장 많이 부여해 주는 시기
지나가는 시간은 영원히 다시 오지 않으니
성장을 위해서는 이시기를 놓치지말고 전력투구해야 한다

여름과 청춘

여름에 녹음이 짙은것은
햇빛과 물이 풍부하여 맘껏 자라게 함이요

더위를 식히러 산으로 올라보니
바람은 신선하고 꽃 향기마저 풍겨오는 유혹

바다로 피서를 외국으로 여행을
이 좋은 시기 노래로 지내는 혈기에

노새 노새에 시간은 허비하고
삼복더위 덥다고 그늘에서 잠잔것은

장마가 지난뒤 후회한들 시간은 지났네
열심히 노력할 시기에 시간을 허비했고

만물도 여름에 가장 많이 성장하는데
튼튼한 기초 닦을 시기를 망각하면은

청춘일 때 시간을 어찌 사용하느냐에 따라
그대 삶의 행복이 결정이 된다.

가을

가을은 수확의 계절
뿌린 만큼 거두고
가꾼 만큼만 열매를 준다

노력한 댓가는 웃음이요
이펑게 저펑게 허비한 댓가는 눈물뿐이고
잃어버린 시간 후회해야 다시 오지 않네

가을은 예술의 계절
드높은 파아란 창공
온 산야 오색의 단풍

뒤꼍 감나무 감이 익어가고
앞마당 대추가 붉어지고
바같마당 하늘에는 고추잠자리 날고

이곳 저곳 탈곡소리
트랙터 소리에 해피도 멍멍대고
가을은 기쁨이요 웃음의 계절이니

가을은 풍요의 계절로
청춘남녀 결혼으로
생활의 맛을 느끼는 행복의 계절이다.

가을과 장년

가을이오면
봄에 씨앗 뿌린 만큼만
여름에 정성드려 가꾼 만큼만
열매를 맺는다

봄에 비바람도 이겨내고
여름에 구슬땀 흘린 댓가는
많은 열매에
힘들었던 땀이 스르르 녹는다

푸른 산야가
서서히 단풍이 물드는것은
인생에 장년이 아니던가
오색단풍 구경하는자 땀흘린 자에게만 있다

겨울과 노년

풍족한 가을거지를 한 노인은
인생 황혼길에
서실에서 글도쓰며 그림도 그리고
스케줄따라 여행도하며
세상이 변해가는것에 적응해가며
동반자와 애인같이
젊을 때 못다한 사랑을 만끽한다

먹는것도 같이 먹고
쉬는것도 같이 쉬고
재래시장 백화점도 같이 다니고
산책도 같이하며
노래도 댄스도 같이하고
인생에 가장 멋진 시간은
지는 황혼이 아니라
곱게 물든 노년 삶에 맛이다

겨울

겨울에 함박눈이 내리면
나는 어린이 맘으로 변한다

넉가래로 다니는 길만 뚫어 놓고
손주들과 눈사람 만들면
나무마다 눈꽃송이에 세상이 동화속 같다

새하얀 눈
온 세상이 함박눈에 덮히면

전원 마을 지붕위도
싸늘하고 냉기돌던 동토凍土가
포근한 설국雪國이 된다

겨울이되면
스키도 타고 스케이트도 지치고

언손 녹이며
군밤 먹는 즐거움
호호불며 호빵 먹는 기쁨도

겨울이되면
매서운 찬바람에 문풍지 떨면

군고구마에
찹쌀떡 먹으며
동치미 마시는 즐거움에 살이 찌는 겨울이다

설경

아침 햇살에 비친 눈꽃은
신선이 노닐고

온 산야가 하얀 눈꽃
나뭇가지마다 함박눈송이

새하얀 함박 눈꽃에
눈이 부시는 장관이여

꽃보다 아름다운
함박눈 덮힌 겨울 눈 동산

새하얀 눈송이 설경에
황홀한 온 천지에 가슴이 뛴다

봄이 오면

실개천 살얼음 속으로
졸졸졸 흐르는 물소리
살얼음 속으로 비친 버들강아지

앞산 양지에는
물감나무 잎새 연초록으로
바위사이에 진달래 연분홍 몽울 맺히고

두엄자리에 황소는
여물을 되세김하며 졸고있고
수탉은 훼를치며 암탉을 보호하고

새색씨 텃밭에나가
냉이를 캐면
바둑이는 덩달아 날뛰며 뛰논다

목련화

봄이 오면
제일먼저 몽울지는 목련화
몽울진 목련보고 봄을 느끼며

고귀하고 우아하고
내려다보는 꽃송이 없이
하늘보고 피어나는 목련화

목련은 지조있게
목련은 순결하게
함께 피고 지는 목련화야

오호~ 사랑 목련화는
내누님 같이 온화하게
넓은 꽃잎까지 평화로워라

인연의 향기

수많은 사람중에
학교에서, 직장에서
처음보는 사람들을 만난다

지나치는 많은 인연들
계속 만남이 이어지는 인연들
변치않는 인연은 인생에 동행이되고

인연에 따라
좋은 인연은 꽃길이되고
나쁜 인연은 불행의 길이되고

좋은 동행이란
행동과 마음이 한결같고
고난과 역경도 같이 해결하고

좋은 인연에는
변하지않는 믿음이 있고
이해와 배려가 따르게 된다

사랑의 교훈

부모는
끝없는 자식사랑으로
힘들어도 학원과외 보내며
우수한 자식으로 키우려 애쓰며
다칠세라 보호하며 키운다
그러나 세상은
귀엽게 기른 자식을위해
행복을 주지 않는다

그대여 자식 사랑이 무한대라면
스스로 해결하는 방법을 가르치고
자식보다 우수한 친구를 사귀도록하고
고난을 이겨내는 힘을 길러줘야 한다

온실에서 웃자란 새싹은 밖으로 나오면 시들어 병든다
비바람 맞으며 자란 싹이라야 뿌리가 튼튼하고
태풍에도 끄덕없이 살아 남는다
인생은 아주 긴 여정이며 무엇도 할수있다
높고 깊은 사랑은
스스로 할수있게 힘을 길러주는 것이다

사랑의 교훈-2

머리가 좋은 사람
손재주가 좋은 사람
사람마다 잘하는것이 있다

잘하는 것을 발견하여
잘하는 것에 정진하자
모든 것 다 잘할 필요가 없다

못하는 것은 잘하는것으로 대처하면 된다
학교는 살아가는데 필요한 기본을 가르치는곳
여러 방면의 공부를할때 자기가 잘하는 분야를 알게된다

자기가 잘하는 분야를 택하면 인생의 길이 된다
서로 잘하고 못하는것 교환으로 살아가면 되는것
미래 사회는 기술이 반드시 필요하다

저마다 타고난 재능이 있으니
재능을 발견하는것이 중요하며
기술자가 반드시 필요한 미래사회가 닥친다

2부

행복의 속삭임

첫사랑

첫사랑은 떨림이요
두 번째 볼때면 가슴이 뛴다

첫사랑은 홍당무요
세 번째 볼때면 볼이 빨개진다

첫사랑은 불덩이요
볼때마다 몸이 뜨거워진다

첫사랑은 백합 향기요
손만 잡아도 향기가 풍겨온다

첫사랑은 환희요
생각만해도 행복해지는 보약이다

생활의 보약

사랑하면
마음이 아름다워지고
사랑하면
매일 시간이 즐겁습니다

살아가는 곳에는
짜증나고 힘들어도
사랑하는 이성이 있으면
그냥 세상이 즐겁습니다

사랑의 힘은
마음을 상쾌하게 하고
모든 것에 감사하게 됩니다
사랑은 기쁨이요 행복이요

사랑속에는
서로 성격이 맞춰지며
이해와 배려하게 됩니다
그대들이여 사랑의 보약을 마시자.

선택-1

동물의 세계를 보라
가장 힘센 수컷이 암컷을 차지한다
암컷도 가장 힘센 수컷 사랑만을 받아 드린다

인간은 생각하는 동물이면서도
선택을 신중하게 고르지않고 결혼을한다
이문제가 생각하면 아이러니하다

좋은 종자를 선택하려면
계통을 서로 제출하여 서로 합의하고
결혼해야 좋은 종자가 생산될터인데

상대방 건강도 확인없이
중요한 내부는 보지않고
겉 모습만보고 그냥 결혼한다

결혼후 이혼하는것은
모든 것이 내부문제에 이유가 있다
속 포장은 나중에 발견되기 때문이다

선택-2

결혼을
의사,판,검사,박사라면
그냥 좋아서 달려간다

또한
돈많으면
이유없이 아부하며 쫓아간다

삶이란
지위도 중요하고 부자도 좋치만
가장 중요한것은 삶의 질,행복이다

삶의 행복은
건전한 정신 건강한 육체로
사랑이 깃든 기초가 튼튼한 가정에 있다

희망의 속삭임

보약을 먹지말고
노동(운동)하고 땀 흘리면 밥맛이 좋다
그러면 건강해 진다

뜻대로 안된다고
어찌 세상이 그대만 있다더냐
안되면 되게 노력하면 된다

사는 맛이 안난다고 불평하지 말고
즐거운 일을 그대가 만들면 즐거워지고
젊은이들과 어울리면 활력이 생기니 즐거워진다

연인을 만들어라
연인이 있어야 그대도 멋지게 꾸미게 된다
사랑은 그대 행동에 따라 가고,오고 한다

나이가 들수록
친구를 선별하여 남기고 버리고 선택하라
좋은 친구는 일생이 행복이다

사람이 중요한것
지혜로운 사람과 어울려야하며
바보와 어울리면 그대도 바보가된다

돈이 재산이 아니라
좋은 사람이 재산이다
돈 때문에 사람을 잃치 않는것을 명심하라

우정이란

사랑은
일순간 이룰수 있지만
변하지 않는 우정은 역경을 지나야 한다

진정한 친구는
고난이 닥쳐 지나봐야 알수 있으며
서로 아낄줄 알아야 신의가 싹튼다

고독할 때
위로해주는 마음
어려울 때 도와주는 우정

생활의 어려움
서로가 이해 득실로 계산이 행동으로되나
이해 득과 실을 초월한 행동이 진정한 우정이다.

미소微笑

미소짓는 얼굴은
입술과 눈가에 아름다움이
편안한 마음에서 발생하는 모습

소리없이 빙긋이 웃는데
상대의 마음속 정화시키는
마음으로 마음을 알수있는 모습

깔갈대며 소리내어 웃음보다
즐거워 환한 웃음보다 내면의 깊이가 있는
살프시 웃는 모습이 더 아름다운 미소

구름바다

비행기에서 내려다보는 구름바다를 보며
나는 나도 모르게 입에서 오~ 신이여 한다
정녕 신이 만들어 놓은 다른 세상이다

두둥실 떠다니는 뭉게구름으로만 알았는데
온통 구름으로 펼쳐진 장관을 내려다 보니
이곳이 신선이 살고있는 하늘이란 곳인가

끝없이 펼쳐진 구름위에서 신을부른 이유는
인간이 내면에 잠재된 마음의 미약함으로
하느님을 부르며 신에게 의지함을 알겠다

육지에서 보지못한 이 장엄한 구름바다에
인간의 힘으로 미치지 못할때에 의지하는것이
신이시여 하느님하며 기도하게됨을 이제야 알겠다

* 1986년 7월 필리핀 플랜트수출 책임자로
대만상공 구름위를 날으며 기록하다

늙음의 자유

청년시절엔 청운의 꿈을 안고
부모님, 선생님 말씀에 정진해야 했고
결혼해서는 가족의 삶을 책임저야 했고

장년이 되어선 돈벌기위해 밤낮이 없고
늘어나는 식구와 자식들 뒷바라지에 노력과
미래를 위해 저축에,투자에 머리 아팠고

노년이 들어서니 자식들 제 갈길 가고
남아있는 것은 부부 아니면 혼자가 되고
세상이 발전했으니 돈만 있으면 해결돼고

누가 그랬던가 태어날때도 빈몸으로 나와
응애 울음이 인생 노년의 길 혼자라고
미리 알고 울었던가 다시 혼자로 돌아가니

노년이되어야 지나온 길 이해가되어
누가 뭐래도 이해하니 마음 편해지고
먹는것도 다니는것도 입는것도 자유로워 좋다

하는일을 찾아하니 세월가는줄 모르고
힘들면 쉬고 이곳저곳 스케줄 짜놓으니
노년의 생활이 이렇게 자유롭고 편한것을

늙음의 미학

늙었다고 게으름 피우지 말자
달력에 스케줄을 적어 놓고
저녁이면 한번 내일 할일 점검하자

맛있다고 많이 먹지말고
골고루 음식을 섭취하고
적당하게 배를 채우는 습관을 들이자

앉아있지 말고 산책을 하자
걷는 산책은 몸을 단련시키게되고
아침 저녁으로 반드시 샤워를 하자

겉옷은 맵씨 내는것도 되지만
내복은 반드시 자주 갈아입자
겉보다 속이 깨끗해야 건강해진다

늙었다고 티내지 말고
변화되는 세상에 적응하는 노력은
매일 글을쓰고 젊은이 말에 귀를 기우리자

할 일을 찾아하는 습관
산책하며 노래부르는것도 좋고
텃밭 가꾸며 흙을 만지는것도 좋고

몸이 편한것은
마음이 편하면 자연히 편해지는것
스스로 즐거움을 만들어갈때
늙은이가 아름다워진다

신세대의 눈물

옛 가정은 어른과 자식들이 있어
시끌 법석했는데
세상이 발전하다보니
핵가족이되어 가정이 흐터저 가고 있다

부모가 못배운 설음에
자식을 가르처 놓으며 유학 보내니
늙은부모 냄새난다 멀리하고
편한 것 편리한것에 젖어 이기적이 되어있네

세상은 계속 점프하며 발전할텐데
신세대도 흐르는 세월에 늙어지다보니
옥이야 금이냐 기른 자식들
부모가 할아버지한테 모른척한것 배워버렸네

선택의 길

살아가는 길 중에
가장 중요하게 택해야 할 길인데
그냥 되는대로 살아 가는 사람들

살아가는 길은 다양하기에
부모의 뒤를이은 길
선생님의 권유로 택하는 길
친구와 같이 가는 길
혼자서 개척하며 가는 길

선택의 길이 망서려지면
잘하는 사람의 길을 따르라
잘되는 사람에게는 본받을 일이 있다
이세상 쉬운일에는 배울것이 없고
항상 노력하고 도전하는 일에 희망이 있다

선택의 길을 잘 선택하는것도 그대 복이다
열가지 재주를 배우지말고
한가지일에 몰두하는게 결실을 보게된다

시골집 밥상

미역국에 옹심이
감자전분으로 뭉쳐진 옹심이
입안에서 씹을때 쫄깃하여 미소짓고
들기름 방울 떠 있는 국물이 향기롭다

윤기 흐르는 밥
노란 기장이 섞여있어 더 빛난다
그냥 밥만 먹어도 될 꿀맛이다
김칫독에서 방금 꺼내온 김치냄새

그뿐인가 된장에 절인 들깻잎과
메루치와 마늘이 섞인 까아만 콩장
씹으면 아삭되며 무즙이 나오는 깍두기
식사후 슝늉 구수함에 아 – 이행복감이여

시골 밥상-추억

할아버지가 수저를 드시면
빙 둘어앉은 식구들의 식사가 시작된다
김치 깍두기 뚝배기에 김이나는 계란찜
석쇠에 구워진 김에 김 집기에 신이났다

왜 그렇게 김이 제일 맛이 있던지
꽁치졸임 꽁치찌개 고등어 졸임도
현대에 김은 그때 맛이 안난다
이세상 반찬중에 김이 가장 맛이 있었다

날씨가 추운 동지 섣달 저녁이면
팥밥에 소고기 무-국은 겨울의 별미다
김치 깍두기 무 말랭이 무침에 마늘쫑
가마솥 누룽지 숭늉은 가슴깊히 구수하다

아 - 그 때 그 밥상이 참 그립다.

시골별식 추억 -1

〈수구레 편〉

가을에 추수가 끝나면
저녁 밥상에 수구레가 올라온다
내장은 시래기,파,마늘로 국을 끓이고
수구레를 무친것은 저부저분하게 맛있다

수북하게 쌓인 수구레 무침은
온식구 입가에 즐거운 미소가 담기고
수구레는 소 껍질이라 저렴하여 좋다
수구레는 가을부터 겨울에 먹어야 맛이 더난다

시골별식 추억 -2
〈돼지 껍데기 편〉

돼지 껍대기는 삶아서
양념하여 무처 먹는다
너무 푹 삶으면 껍대기가 물컹해서
입 천정에 붙어 맛을 못 느낀다

적당이 껍질이 씹히도록 해야
씹히는 맛에 홀딱 반하게 된다
또한 껍대기를 삶은후 햇빛에 말리면
가을,겨울 간식거리가 일품이다

현대인의 밥상

부모는 부모대로
자식은 자식대로
현대인 대부분이
각자 삶의 터전이 다르다보니
편한 전화로 안부를 묻는 일가 친척이된 기분,

부모,자식,손자와 함께 저녁식사는
아 옛날이여,~~~~
밥상머리 교육이 무슨 얼빠진 소리냐고
각자 혼밥이 정착되어간다

밥통도 자동화가 되있고
그릇 씻기도 세척기가 다하고
청소는 로봇이 하고
애견과 더불어 침대에서 티비보며

간식 생각나면
전화 한통화에 배달해오고
사고 싶은 물건 있으면
들어누어 스마트폰으로 첵크하면 배달해주고

내가먹는 하루 식사량
칼로리 측정하며 조절하고
현대인의 밥상은 음식이
스마트폰 손가락에서 칼로리로 결정된다.

내새끼

유모차를 끌고 산책하는 사람들
애기가 없고 자그마한 강아지가 들어 있다
강아지를 태워 밀고 산책하니 강아지가 상전이다

귀여운 내새끼하며 껴안고도 산책한다
애완견,반려견이라 부르며 거실에서 같이 산다
강아지에 옷을 입히고 치장을 해준다

개새끼가 내새끼가 된세상
애완견 까페가있고 개 유치원도 있다
길들여진 강아지는 영리하고 재롱도 부린다

동물병원에 가서 예방접종은 기본이고
얼굴도 비비고 때론 뽀뽀도 서슴없이 한다
개가 죽으면 장사까지 지내는 세상이 됐다

내새끼-2

애완견도 개 종류이기에
몸을 터는 습관이 있다
애완견 털은 가늘기에 털어도 털이 보이지 않고
사람들이 털을 흡입할수도 있겠는데

거실에서 침대에서 껴안고 사랑해주는데
애완견의 재롱은 사람 못지않게 잘 한다
애완견의 식사는 찌꺼기가 아닌 고급으로
대소변도 가릴줄아는 영리한 품종들이다

영리한 애완견이라지만,
그 많은 긴 털북숭이에 충은 없는지 궁금하고
개에서 나오는 개냄새는 안나는지 궁금하고
앞으로 미래에는 온통 개판이 될지 궁금하다

함백산

태백산 국립공원 함백산,
해발 1572.9m
문인산악회원들이 관광 뻐스로 도착
30명이 산을 오르기위해 부산하다
산 입구에서 아이젠을 채우고
눈과 얼음이 있는 산길을 걸으며 기분이 상쾌하다

오르고 내리는 산행을 하다보니
초입에서 포기하는 사람
중간에서 포기하는 사람으로
선발대와 이미 회원들이 흩허지고
다른 산악회원과 뒤 섞여 가쁜숨 쉬면서
물을 마시며 쉬면서 힘을 조절한다.

이제 남은 코스는 0.9km라고 표말을 보고
오르는데 아뿔사! 여기부터는
가파른 돌계단이 계속 이어저 있다
돌계단은 숨을 몰아쉬며 오르는데
하산하던 이여진 팀원이 다시올라와 힘을준다

손잡고 이끌어 정상에 오르니 그 고마움
천사같은 그마음 평생 가슴에 담으리라
먼산 등성이에 돌아가는 풍차들의 풍경들
하늘엔 구름이 걷히고 맑은 하늘에 가슴이 훤해진다
여진님 덕분으로 정상에서 올라 어린이같이 기뻤다

오를때는 정상 목표 밟는것 하산때는 조심스럽게
아이젠이 돌계단에 부디치니 하산도 힘들다
얼음을,돌 계단을 무사히 하산하여 안도의 한숨 짖는다.
함백산 겨울등산이 멋진 추억이 되었다

어울림

우연히 만난 사람들
말소리에서 정감이 있고
행동에서 믿음이 있으니
다음에 만날 약속을하고
헤어진다

상대가 비슷하면 다시 만나게되고
그래서 사회생활은 언제나
비슷한 사람으로 어울리게 된다
어울림에는 규칙이 있어야
건전하게 발전되고 즐거움이 있다

고독할 때 위로해주며
어려울 때 정성으로 도우며
넓은 아량과 관용이 필요하며
양심과 신의가 있어야하며
겸손한 마음이 잠재되 있어야 한다.

초동친구

만나면 반갑고
헤여지면 또 보고 싶은 사람들
끼리끼리 모여 모임도 만들고
때가되면 식사도 하며 이야기 주고 받고

묘한 것은
이 사람들이 모두 어릴때 친구들
코흘리게도 의젓해졌다
더벅머리도 신사가 되었고
단발머리 소녀가 이리도 멋쟁이가 되다니

세월은 요술쟁이인가?
코흘리게는 손주자랑에
더벅머리는 아들 자랑에
단발머리 소녀는 며느리 자랑에
눈가에는 주름이 머리는 반백으로
인생의 흔적들이 정을 더 두텁게 만든다

황혼의 사춘기

매일 외출을 하며
몸단장을 한다
아침 5시에 기상하여 맨손 체조를 하고
간단한 샤워로 노폐물을 제거하고
아침 식사를 한다
잡곡밥으로 간단히 한뒤
반드시 양치질을 하고
옷매무새에 살짝 향수를 뿌린다

바르게 걸으며
입가에 미소 지으면 기분이 좋아진다
멋진 중년 부인을 만나면
마음에서 바람이 일어난다
산들바람에 분냄새가 풍기면
옆을 떠나기 싫어지고
살풋한 향수냄새에 심호흡을 하게된다
손잡고 비원을 걷고 싶은 마음이 움직인다

목욕탕에서 방금나온
탐스럽고 긴 머리칼에서

아직 남아있는 삼프냄새
발그스레한 홍조띈 보조개에
가슴이 울렁거림이 일어나는 정열이 있다
가슴펴고 오 내사랑 목련화야 목청껏 부르고 싶은
사랑노래로 유혹하고픈 마음이 일고
붉은 저녁 노을이 더 아름다운것처럼

연륜

그냥 그럴려니 지나가니
마음이 편해진다

어찌 내 뜻대로 될수 있는가
그냥 웃어버리니 편해진다

생겨날 때 정해진것을
그냥 모르는척 했더니 편해진다

자나고보니 인생이란
좀 모자란듯해야 노력하는 사람이 된다

보는 눈도 겉 포장보다는
내면을 들여다 보는것이 더 중요한것을 알게된다

참고 견디는 힘도
지나고보니 인내하는 힘이 얼마나 중요한지 알게되고

튼튼한 뿌리를 만든 노력이
미래에 행복을 갖다주는 이치를 깨닿게 된다

그냥 태어난것이
이세상이 얼마나 멋진 곳인지 복받은것을 알게된다

시장市場 사람들

두툼하게 껴입은 옷에
구리빛나는 얼굴들
북적대는 사람들의 목소리
이곳이 생동감나는 삶의 향기가 풍기는 시장이다

배추더미 무우 더미
작은 채소부터 양념이 즐비하고
한쪽에선 김이나는 순대를 썰고
약초부터 없는게 없이 다양한 채소들이 천지다

또 한쪽을 지나치면
수족관에서 광어를 꺼내 회를치고
한사람이 열사람인지 이리뛰고 야단 법석이다
또 한쪽에선 바다 물고기 조개류등 산해 진미로 가득하다

주름진 얼굴에 순대 해장국을 끓이고
시간과 다툼하는 사장들을 위해 백반을 머리에 이고 나른다
좁은 골목의 상품도 정확하게 알고 빠르게 처리하는 손길들
시장엘 들러보면 세상 고민할새 없이 생활의 활력이 넘쳐난다

3부

수첩과 연필

시장市場사람들-2

자정이 넘어 잠이 들었는데
남들은 이제 깊은밤이 시작 되었는데
두세시가되면 잠에서 일어나 새벽을 달리는 사람들
시장 사람들이다

남들같이 잠을 편히 들지 못하고
새벽을 낮같이 활용하는 시장 사람들
그들은 굳은 정신 하나로 무장되어
앞만보고 안되는일 없다하며 정진한다

오죽하면 개같이 벌어 정승같이 쓰라 했던가
시장에 오면 우선 부지런한 행동을 배우게되고
잘살아 보겠다는 굳은 의지를 본받게되고
이웃과 형제같이 지내는 신의를 배우게 된다

많이 배웠으나 고민많은 사람들
힘든일은 피하고 자기주장대로 편한일만 찾는사람들
일은하기 싫고 일확천금만 쫓는 사람들
그대들이여 오늘 새벽 시장사람들 뒤따라 시장을 들러보라

커피사랑

커피향은 마음을 안정 시키고
연인의 이야기를 향기롭게 만듭니다

커피향은 피로를 풀어주고
입가에 향기를 머물게하여 기분이 좋아 집니다

커피향은 정신을 맑게하고
시인의 감각을 창작의 힘으로 길러줍니다

커피향은 처음 만난 사람과도
어색한 공간을 채워주고 가깝게 만듭니다

커피향은
만인의 연인
그리고 사랑의 향기

봄맞이

봄이 온 것을 느낄때는
앞내 살얼음 밑에서도
버들강아지 피어나고

봄이 온 것은
머언 산 응달에 반달얼음 남았어도
양지에선 원추리는 솟고 있으니

봄은 시작이고 희망이며
씨앗 뿌리는 노력에 따라
봄볕에 얼굴 구리빛으로 허물 벗기네

아직도 세상은 어둑한데
아침 새벽을 여는 사람들
새벽 안개속에 봄향기 퍼저 나가네.

봄비

한차례 세찬 바람으로 어수선 하더니
오늘은 추적추적 하루종일 봄비가 내립니다

우산 받쳐들고 걸어가는 사람들도
미끄러지듯 빗속을 가르는 자동차들도
말없이 소리없이 지나고 있습니다

창문 넘어 먼 산 바라보니
산 허리에 감겨 퍼지는 안개구름
창틀넘어 살구나무 가지에도 움이트고

삭막했던 동토凍土의 들판을
연두색으로 변화시키는 봄비
봄비에 젖은 산야가 선명하게 피어 납니다

봄비!
봄비는 만물의 영양제
봄비의 촉촉함은 마음까지 적셔줍니다.

봄바람

봄바람의 들떠
준비없이 나드리 하면
봄바람은 그대 볼을 트게 만들고

봄바람에 속아
옷차림을 벗어 던지면
봄바람은 그대 가슴에 고뿔들게 하고

포근한 봄바람도
그대 의지를 시험하기위해
가슴 헤치는 바람을 준비없이 받지마라

나를 알면

나를 알면 행복해 지는데
사람들은 자기 단점은 숨기고 장점을 내세운다

사람마다 그릇이 다르다
종지의 그릇은 종지로 활용하면 행복지는데
남따라 사발인듯 행새하니 고생하게 되는것

무엇을 주어 담아도 다 소화시키는 함지박
사발 그릇으로 타고났는데 함지박 행세 하려니
뒤죽박죽 넘처나서 고생하게 되는것

고생하는 사람들 행동을 보면 이유가 있는데
본인들은 자신을 파악 못하고 주위 탓만 하더라
주위는 공평한것 깨닳으면 다시 일어설수 있다

자기 자신 그릇을 알면
그대 삶은 행복해 질 것이니
행복도 가지각색 자기 행복을 찾아라

여의도 개사육장

님은 가고 없지만
국민이 모른 여의도 개사육장을 일깨웠지
삼백마리 똥개들이 연일 지저대니
금수강산이 똥개들로 물들었지

개를 사육하는것은 집을 지키라고 밥을 줬는데
집은 안지키고 서로 싸움질만하다 밥을 훔쳐먹네
숫캐 암캐들이 싸움하다가도 먹을것은 같이먹고
자기들 보신하는것은 181가지인데 모른척한다

나라가 위태로워지면
외국으로 먼저 도망간다는 똥개들이니
3만6천불에 국민들은 배가부르니
그러든 말든 똥개잠을 생각안하니
똥개들이 비만으로 희희락낙하고 있네

하늘

하늘을 바라보면
마음이 상쾌하다

파아란 하늘은 나에게 꿈을주고
뭉게구름은 나를 예술가로 만든다

하늘을 바라보면
무엇도 거슬리지 않는 공간

나는 하늘을 바라 볼 때면
내 맘대로 활개치고 꿈을 펼친다

입과 말

유일하게 사람만이 말을 한다
좋은 말은 사람을 좋게 만들고
나쁜 말은 사람을 악하게 만든다

좋은 말을 들었을때 기분이 좋고
나쁜 말을 들었을때 기분이 나쁘다
말은 입에서 나오기에 입을 무겁게 해야 한다

말은 사람을 죽이기도 하고 살리기도 한다
말을 함부로 하는 사람은 지혜가 적음이니
말은 간단하게 하면 실수가 적어지어 좋다

말에는 진실이 있고 거짓이 있으니
거짓에 말을하면 나중에 신용이 없어지고
말에따라 생사가 있으니 말은 신중해야 한다

좋은 말을 하는 입은 믿음이 있지만
말을 함부로 하는 입은 주둥이로 망하고
아름다운 말을 하는 입은 미소가 담겨 복이 들어온다

수첩과 연필

내 호주머니엔
언제나 수첩과 샤프가 있다
지나가다가도 떠오르는 생각
바로 적는다

산책 할 때 보는 꽃들도
전철안에서도 느낌대로
어는 장소에서든지 느낀것은
머리에서 지워지기 전에 메모를 한다

등산을 할 때
시원한 바람도
나무들이 내뿜는 향기도
쉼터에서 기록해 둔다

책상에 정리된 내 다이어리
헤어보니 올해로 56권이다
직장생활을 떠났어도 일상생활을 적으니
이것이 내 인생의 기록이니 기록은 영원 하겠지

혼자 있어도

혼자 있어도
이젠 무덤덤 하다
문학지를 편집하다보니
시간 흐르는줄 모르고

점심시간 되면
점심 내 맘 내키는대로 먹고
커피 향기에 피로를 풀며
집으로 돌아 온다

젊은이들 학생들 보며
아주머니들 잡담도 눈감고 들어주고
늙은이들의 행동도 보며
전철 안에서 눈감고 피로를 푼다

텅빈 집안이지만
이젠 습관되어
샤워로 피로풀고 저녁하면 밤이 온다
컴퓨터에 앉아 글을쓰니 외로울새가 없다.

커피 한잔

차 한잔으로
대화가 재미 있어지고
정이 깊어 간다

찻잔에 김이 오르면
콧속으로 스치는 향기는
정신을 맑게 해 주며

찻잔에 입을 대며
향기에 젖게되면
잔잔히 흐르는 경음악 소리에

나이는 어디로 가고
젊은 시절 추억이 맴돌아
가슴이 뛰는 커피향에 취한다

라이락 향기

봄이 완연해지면
라이락 연보라 향기에
가슴이 뛴다

라이락 향기는
은은한 아기 살결 내음
아릿한 향기에 취하고

라이락 향기는
목욕하고 나오는 여인의 머리칼 향기
4월이되면 라이락 향기에 힘이 샘 솟는다

화단에 라이락 한그루 참 잘 심었네
라이락 향기에 미소짓던 그이가
4월이 되면 한없이 그립다.

보이지 않는 형체

그 사람은 가고
세월이 흐른뒤 잊혀저 있었는데
오늘밤 왜 그 사람 생각이 나네

생명은 무엇이며
죽음은 무엇인가
지워지지 않는 죽음의 형체는
뇌리에 남아 있는데

무엇이 그리워
이리 그사람 행동들이 살아 있음에
고운정 미운정이 그리운 정으로 남아
보고픈 마음은 마음을 흔들고 있네

낮과 밤

밝은 곳 어두운 곳
밝은 곳에서는 열심히 일해야 하고
어두운 곳에서는 쉬면서 내일 할일 세우고

쉬기만 하고 계획이 없으면
밝은 낮에 허둥대며 하류로 떨어진다
세상 진리는 하는대로 복을 주는것

육체적 노동으로 열심히 하는 사람
정신적 두뇌 노동으로 일하는 사람
세상은 그렇게 본인이 택하게 한다

밝을 때 열심히 일하여
어두울 때 쉬면서 머리로 분석하여
밝을 때 결과를 보면 행복이 보이게 되리**라**

사랑의 힘

사랑은
힘을 만들어 주고
사랑은
인내를 만들어 주며
사랑은
친구를 만들어 주고
사랑은
너를 성숙하게 만들어 주고
사랑은
화목을 만들어 주며
사랑은
꿈을 만들어 주며
사랑은
행복을 만들어 준다.

운명

그대 운명을 바꾸려면
습관부터 바꿔라

습관은 어릴때부터 드려야 하고
좋은 습관은 규칙적인 생활이라야 한다

좋은 습관을 이어가면
운명도 좋은 습관으로 변하게 된다

잘못을 한탄하지 말고
고난을 극복하는 습관을 드려야

운명은 가장 어려울때
그대 행동을 시험하게 되어 있으니

좋은 습관으로
생활 자체를 변화하면 운명이 바뀐다.

건강하려면

건강하려면
적게 먹고 많이 일하기

건강하려면
게으름 피우지 말고 부지런하기

건강하려면
먹는 것 가리지 말고 일정하게 먹기

건강하려면
자기 몸에 맞게 운동하기

건강하려면
규칙적인 생활하기

건강하려면
스트레스 받을때 노래하기

건강하려면
이성과 사랑하기

건강 하려면
예방이 가장 중요함이니
사전에 아프기 전 대처하기

건강하려면-2

배가부르면
활동이 거북하고
일을할 때 힘이든다

배가부르면
쉬고 싶어지고
게을어지는 습관이 생긴다

배가부르면
위장이 늘어나서
위장활동이 원활치가 못해진다

배를 채우지 말고
더 먹고 싶을때 수저를 놔라
먹는 것을 일정한 량으로 습관화 시켜라

건강은 식습관으로
위장활동이 편하도록 먹고
규칙적으로 먹는것이 좋다

천국

굽이처 흐르는 한강 둘레길
아침 산책은 푸른 한강이 정신을 맑게하고

저녁 한강 산첵 길은
강건너 미사리 네온싸인에 정신이 황홀하다

팔당대교 건너 검단산 줄기 창우리 불빛도
석바대로 불리던 조정경기장 주변의 아파트 불빛

덕소 나룻터는 팻말만 꽂혀 거리를 알리고
육중한 콘크리트 빔 위로 자동차들이 하늘위를 달린다

남바위 위로 두산 위브 아파트 불빛과
남양주대교 위로 달리는 자동차 불빛과 별들

수석동을 굽이처 이음나루로 이어저
광진교와 워커힐 황홀하게 빛나는 불빛

경포 어구 바위는 사라지고 월문천이 한강과 연결되니
잘 꾸며진 꽃동산 벤취에 앉아 깊은 밤 가는줄 모르니

아 이곳이 천국이로다

파와 부추

반찬에 들어가는 파
순을 잘라도 다시 잎이 나오는 파
부추도 잎만 짜르고 다시 자라나는 잎
다른 채소들은 한번자르면 그만인데
파와 부추는 잎이 다시나오는 유익한 채소다

감기기운이 있으면 파국을 끓여 마시면 되고
부추는 기력을 돋우는 채소로 으뜸이다
반찬을 무칠때 파가 양념으로 들어가는 이유
부추는 삶는것이 아니고 그냥 씻어 먹는 이유
다른 채소보다 기력회복에 제일인 이유를 알았네

계란 풀어 끓일때도 파가 필요하고
김치속을 할때도 반드시 파가 들어가야하고
반찬에 반드시 필요한 파와 부추 같이
다시 싹이 나오는 끈기있고 어디에도 필요한
파와 같은 인간이 되어야 겠다.

4부

가정의 향기

평창동

평창동 한옥마을
북한산 자락에 전통 한옥부촌
손님맞이 사랑체와 안체에 들어서면
눈이 휘둥레지고 정신이 혼란 스럽다
나무전체가 황금송으로 지워저
거실내부 높이는 4m에 이루고
왕궁에서나 사용하는 황금송이다

대지 500평에 세워진 한옥이다
문도 금고만드는 재료로 사용하고
변기도 금으로 도금되있고
원석으로 사용하여 재료 이름조차 모르겠다
가구도 베르사유 가구란다
밀레냉장고 밀레오븐,
검색해보니 밀레 냉장고 한대값이 3천만원대,
상데리아등도 베르사유궁 전것과 같다고 한다
공중목욕탕같이 넓은 대리석 욕실
드레스룸도 청자와 백자로 만들어지고
이 한옥 집 한채 금액이 200억 이란다

탈렌트들이 많이 산다고한다
연속극으로, 노래로,M/C로 벌고
고급으로 살아가는 인생들

무엇이 빈부를 결정하는가
학력도,경력도 아니다
씨앗이 좋은 터전에 떨어저 발아하듯
인간도 어느 터전을 잡느냐 부자가 결정되고
정직하게 땀흘려 월급 받는자 허덕이는 세상
그대도 늦지 않았으니 가고싶은 길을 개척해 보렴

일요일 식당풍경

일요일 식당에 가면
등산객들로 붐비고
아주머니들 모임으로 붐빈다

물가 오름이
이들에겐 무슨 의미없고
희희낙락 웃으며 건강얘기로 떠들고

점심 먹은자리엔
밥그릇엔 남은 밥
남은 반찬과 찌개냄비 즐비하고

소주병,막걸리병에 남은술에
맥주병,음료수병 즐지하고
종이컵에 남은 커피

한바탕 떠들고 가는 길에
다시금 커피숍을 찾아 들어가
아메리카노,커피라떼하며 즐긴다

송판 등산길

산을 오른다
산길이 흙과 돌이 없고
철빔을 세워 송판을 깔아 길을 냈다

마루바닥 같이 편한 산길로
남녀노소 할것없이 산길이 아닌 송판길을 걷는다
등산복도 울긋 불긋 팻션이다

산 중턱에 이르면 모든 산 허리에
멋진 정자를 세워 쉼터가 있고
배낭에서 술과 음료수,떡과 과자,과일이, 나온다

산허리를 돌며 만들어진 송판길
정상에 오르는 사람을 위해 중간 사이로 계단이 있고
등산길은 자연 산길이 아닌 편한 송판길로 뒤 덮혔다

울창한 산림길에
애완견까지 데리고 등산하고
퇴직한 6,7,8십대들 등산길이 메워진다

건강하게 살자

덕소 안산 금대산에 가면
130메타 야산 정상 줄기로 등산길이 나있다
산에 들어서면 신을 벗고 맨발로 걷기 시작이다
등산화를 신은 사람들이 무색할많치 모두 맨발이다
산길이 돌이없어 흙길이 맨질맨질 다저 있다

한달을 맨발로 걸으면 습관이 되어
일년을 걷게되면 본인이 몸이 좋아졌다고 한다
암 말기 환자가 손과 다리로 기어 오른지 일년
감쪽같이 씻은듯 나아 방송을 탄 후부터
입 소문은 바람타고 전해저 너도 나도 맨발로 등산이다
산을 오르며 숲속 공기 마시니 좋고
매일 운동하니 건강해 졌으리라

이제는 너도,나도 건강을 챙기느라
전철안에도 배낭맨 사람들로 붐빈다
3만 6천불의 국민 소득이 이렇게 풍요로움에
집집마다 자가용이 있고 외제차도 줄을 잇는다

무임승차

65세 이상이면 전철이 무임 승차다
1호선부터 9호선까지 어디를가도 연결 된다
인천공항을 달리는 공항철도는 속이 후련해진다
외국으로 출국하는 사람,
입국하는 사람들의 꿈의 전철이다

거미줄처럼 연결된 전철은
어디를가도 환승으로 다 이루어진다
전방 연천에서 인천,또 온양지나 신창까지 한번에 간다
막힘이 없고 약속한시간 맞출수 있는 유일한 교통
지나는 역수 곱하기 2분 풀러스 환승시간은
정확한 도착시간을 맞출수 있다.

노인들의 무임승차로 복지천국이 된 대한민국
아~~ 이곳이 삼천리 금수강산!!! 우리나라.
이제는 노인이 많아 노인석 지정을 없애야
노인석 비어있는데 젊은이 옆에 덥석 앉는 노인
공중도덕을 모르는 에티켓
노인들이 넘쳐나니 노인석을 어린이들 자리로 바꾸자

코리아 드림

2024년들어 시내에도
농촌에도,전철에도 외국인들이 많다
외국인 생김새도 여러 형태로보아
각국 각처에서 물밀듯 한국으로 들어오는듯 하다
또는 지난날 외국으로 이민간 사람들이
다시 고국으로 들어오는듯
한국사람인데 전철 환승을 묻고

인천공항은 세계에 제일이요
서울의 전철도 세계의 제일이요
도시와 농촌이 차이점 없이 모두 자가용으로
도로망도 세계제일이요
가전제품도 세계제일이니
물밀 듯 외국인들이 한국으로 들어오고있다

농촌의 일손은 아예 외국인들이고
공장에 조금 힘들일들은 외국인들이 차지하고
아예 외국인 타운이 도시마다 있어
이곳이 한국인지 외국인지 착각할정도다
전철에도 이젠 외국인들이 많다
이미 다민족이 된 나라가 되었나보다

다산茶山의 얼

민본주의 사상으로
국민을 사랑하라 했습니다

무슨 일이든 몸소 실천하여야
진리를 터득할수 있다 했으며

님은 유배지에서도
두 아들에게 과일나무를 심게 했습니다

18년간 강진 유배지에서
집필한 목민심서牧民心書를 읽으면

지방 관리는 통치 이념을 알게되고
국민 또한 일하는 즐거움을 찾게됩니다

님이 태어나 빛난 얼이 숨쉬는곳
남양주시 와부읍 조안면 마현마을

아 - 님은 위대한 선각자 다산 정약용
님의 가르침이 세계에 영원히 빛나리라.

똥파리들

지구 어느 나라에
입맛이 고급되어 영양 따지며 먹고
옷은 팻션화되고 키는 늘씬해지고
집집마다 자가용에 관광지 다니며
공중화장실에선 음악이 흐르고
외국여행을 수시로 드나들며
도농간 편차없이 천국된 나라가 있었지
부정부폐에 똥파리들만 있는
입법,사법,행정,언론등이 있었데
죄지어야 의원되고 또 특혜도 있고
높은자는 죄지어도 벌 없는 사법부는
서민에겐 바로 벌주는 나라가 있었데
죄 알고도 관리하지 못하는 행정부는
국민들이 등신 놈팽이들 18놈아 한대
죄지은 놈 감싸고 편파적 보도하는 언론은
아예 잡놈들만 뽑아 돈에 매수되었데
몇 년 알고보니 모두 한통속인 것 알았는데
선악이 싸우면 선이 이긴다고 배웠는데
악질이 이기는 나라인것을 이제 알았대
어린이들은 악이 이긴다것을 배우고

훅 하면 13조원 풀어 25만원 준다고 한데
현금이 아닌 상품권으로 준다나
그 방식이 13조x1.1%=1,430억인데
서로 짜고치는 수법이래
상품권 만든 업체가 1,430억 먹는데
완전 잡놈들 개놈들 도적 놈들이지
그회사에서 후일 그 잡놈들에게 나눠준데
그래서 법대에서는 고시에 계속 낙방한놈이
잘된다고 우기는 법을 가르친데
공부해서 이런짓에만 눈을 뜨니
관리 못하는 행정부는 등신들인가 했는데
그게 아니구 한통속이래

하피첩霞帔帖

홍여사는 얼마나 남편茶山을 그리웠던가
깊숙히 장농에 간직했던 시집올때 입은 치마
붉은 노을빛 치마를 보내는 심정을

다시는 못만날수도
내 시집올때 입었던 치마를 보면
남편의 마음도 내마음을 아시겠지

다산은 그때 그치마를 보며 그리움에
두 아들에게 부지런함과
검소함을 당부하고 굿굿한 맘을 전달했지

치마에 글을 써
가승家乘을 만들었으니
이것이 하피첩"이다

하피란 시집올때 입었던
신부의 붉은 치마를 말함이니
그리웁고 보고싶은
사랑의 눈물이 이곳에 적혀 있다

밥

매일 먹는 밥,
반찬은 매일 같으면 질리는데
밥은 매일 같아도 맛이 있다

떡, 국수, 빵, 죽, 등은
계속먹으면 실증이 나는데
밥은 계속 먹어도 맛이 있다

밥은
사람이 자라는데 영양소요
사람들의 생명줄이니

이제야 알았네
이세상에 밥이 제일인것을
밥을 먹기위해 돈을벌고

반찬과 국이 바뀌질뿐
밥그릇에만 두껑이 있고
가장 좋은 모양인 밥그릇

그대여 밥을 먹을때
항상 감사하며
복스럽게 먹어야 복 받음을 잊지마라

가정의 향기

밤이면 책 읽는소리
언제나 함박 웃음소리
애기 울음소리에
어린이 떠드는 소리

부모님과 오손도손 대화하고
무슨 일이든 의논하여 결정하고
어려운 일 힘든일 도와주며

항상 웃으며
항상 노력하면
고난이 닥처와도 슬기롭게 대처하고

희망이 샘 솟는 가정
화목함이
가정의 향기 깃드네

오이지

무더운 여름에는
먹는 식품이 중요하다
그중에 으뜸이 오이지

오이지는
소금에 절인것이기에
짭짤름하여 입맛을 돋구어주고

오이지는
여름반찬에 쉬지않고
등산시에도 간편하고 탈이없다

오이지는
여름에 땀을 많이 흘린후
갈증을 해소시켜주며 몸을 보호해준다

여름에는
오이지 반찬이 제일이니
매끼 오이지를 먹고 흘린 땀을 보호해주자

비오는 날 오후

하염없이 비가 내리면
생각나는 주전부리
의래히 생각나는 부친개

애호박을 적당하게 짜른후
밀가루를 뭍히고
계란을 풀어 당근후

달궈진 후라이판에 하나씩
지글지글 소리를 들으며
뒤집어 노오랗게 익으면

쟁반에 꺼내어
양념 간장에 찍어 먹으면
막걸리 한잔에 안주거리가 최고지

부추를 적당히 자른후
밀가루에 섞어서
부치면 이것또한 일품이고

여름에 먹다남은 김치도
밀가루에 섞어 부치면
그맛 또한 일품이지

비오는날 친구에게 전화하여
막걸리 기우리며 부친개 안주는
친구의 정을 더욱 돈독히 해준다네

장마

여름 칠팔월이면
한차례 장마가 지나간다
장마에 피해는 처참한곳도 있지만
일년 한번 장마가 지나야 좋다

지저분한 주변
이끼 긴 더러운 개천도
흙탕물이 쓸고 지나가면 개천이 살아난다

장마에 예방없는 곳엔 피해 막심하지만
사전에 준비를 잘한곳엔 피해가 없다
장마가 휩쓸고 지나간 교훈을 얻어야

그 더럽던 곳곳 장마가 뒤집어 놓으니
정신이 새롭고 온세상이 깨끗해졌다
물고기도 힘차게 개천으로 오르고 있다

커피사랑

서먹한 상대를
정답게 해주는 커피

마음이 울적할때
마음을 풀어주는 커피

식후에 입안을
개운하게 해주는 커피

커피 한잔은
마음을 안정하게 해주며

커피 한잔에
깊은정을 간직하게 된다

웃음과 눈물

웃음에는
비웃음,너털웃은 속임의 웃음도 있지만
억지로 웃는 웃음에는 거짓이 있으며

환하게 어린애같이 미소가 담긴 웃음에는
축복의 웃음이 있고
즐겁게 웃는 웃음에는 기쁨에서 발생합니다

눈물은 슬플때 나오지만
너무 감동되면 눈물이 나오며
눈물에는 진실이 담겨 있습니다

거짓에 웃음은 상대를 현옥 시키지만
눈물에는 상대를 진정으로 감화시킨다
이유없이 웃는 웃음을 경계하라

금낭화

경기도의 알프스
명지산에 오르면
7부능선에 금낭화 꽃밭이
옹기종기 모여 있습니다

여인들 조리개 같아
금낭화라 했는데
선비들이 보는 눈에는
생김새와 색깔이
발그스레한 개불알 같아
개불알 꽃이라네

여인들은 금낭화요
선비들은 개불알꽃
꽃은
두가지 이름 듣고
먼-산
깊은 산으로 숨어 피고 있습니다

마음

사람은
만물의 영장이기에
겉 포장을 잘한다
화려한 겉 포장보고 호감이 간다

그래서 화장을 하고
머리를 다듬고
옷을 꾸미며 멋을 낸다
순수한 꾸밈과 화려한 꾸밈으로
모두가 일시적인 겉 포장이다

사람은
말로 서로 교감하여
친해지고 멀어지고
말로써 모든것이 이루어진다

그러나
마음은 보이지 않으나
그사람
행동하는 것이
그사람 마음이다

마음의 종류

계획을 세워 노력하고
잘못된 일을 거울삼아
재발방지 하는 사람
남몰래 혼자 울어본 사람은 진실된 사람이다

약속시간 지키고
한결같이 믿음을 주는 사람
어려움 견디며 의지가 굳은 사람
변하지 않는 행동이 진실된 사람이다

남이하면 따라하다가
잘못되면 남탓 하는 사람
변덕이 심하고 귀가 얇은 사람
남이 알게 우는 사람은 거짓이 많은 사람이다

그사람 마음은
그사람 행동에 있으니
행동을 보고
인생의 친구 삼는것은 그대의 선택이다

그대 선택에 따라 인생 행로가 달라진다

멍석 피서

삼복더위 무더운 여름
마당에 말린 쑥 파워 모기쫓아내고
멍석깔아 모여 앉아
갓 쪄온 옥수수 먹는 맛은 꿀맛이지

찐 감자도 파실파실하여
밀떡과 함께
호호불며 먹는 맛
정말 이맛 또한 맛나지

송골송골 등허리에 땀 맺혀도
참외수박으로 더위 식히며
오손 도손 가족들 웃음 만발하니
멍석위 피서에
밤하늘 별도 유난히 반짝여주네

5부

초록 향기

여행

여행중에 외국여행은
고생되도 즐겁다
잠자리,식사,환경의 변화
모든 것이 새롭게 느껴지게되어 좋다

개발도상국의 나라도
선진화된 나라도
그 나라대로 문화가 있어
여행하는 재미가 있다

현지에서 느끼는 점은
언어소통이 문제로
손짓 몸짓으로 때우게되나
반드시 외국어를 배우려는 노력을 하게된다.

여행은 사람을 철들게하고
여행은 행동을 바르게하고
여행은 시간의 중요성을 깨닫게 한다
여행은 배우는게 많아저 좋다.

압록강

티비에서 본 뗏목 압록강
중국과 북한으로 연결된 철교를 보며
바다같이 넓은 압록강 유람선에서
북한 가까이 지나며 북한 산자락에
슬레이트 지붕의 집을보며 손을 흔들었다
자전거를 타고가며 답례에 손을 흔든다
이념이 무엇인지 남북으로 갈라진 터전에
전쟁에 끊어진 철교는 그대로 방치되 있고
활기가없고 죽음에 땅이된듯 조용하다

압록강이 이리도 넓은것에 놀랬습니다
바다같이 넓은 곳 그동안 보아온것은
상류에서 흐르는 폭 좁은 압록강에
처음본 넓은 압록강은 가슴이 막 뛰었습니다
중국에서 운영하는 압록강 유람선
왜 북한은 철조망으로 경계를 처놓고
인간의 자유를 막고 있습니까
신의주가 보이는 곳으로 도착하니 밤이 되었고
중국에선 호화찬란한 거리인데
건너편 신의주는 희미한 불빛만 보입니다
압록강이 폭 좁은 개천이였다면 지금 어찌 변했을까
바다같이 넓은 압록강에 넋이나가 멍하니 강물을 봅니다

백두산 천지
-북파로 오르는 길

관광버스는 입구에 주차하고
중국 공안버스 10인승에 탑승
천지를 향해 오른다
이곳이 천지 북파로 오르는 길
어디쯤 오르고 있을가
백두산 허리가 나무 한 구루없이
돌과 작은 풀만이 있다
지그재그 오르는 길옆으로 이름모를 꽃들
내려오는 차 오르는 차 행렬이 장관이다

관광객을 위해 200대가 운행하고 있다
안개가 자욱한 길 뚫고 오를때 구름속 지나는듯
백두산 정상에 도착하니 넓은 주차장이다
바람과 운무비로 옷깃을 여민다
서서히 운무 거치고 해가뜨고 검푸른 천지가 보인다

수많은 사람들의 일제히 함성소리
천지를 대하니 엄숙해지며 두손모아 머리를 숙였다

천문봉 2660m의 푸른 호수 천지
둘레가 40리요 깊이가 384미터
평균깊이가 230미터에 이 대자연의 웅장함
내려오는 전설로 3대가 덕을 쌓아야 보여준다는 천지
만세도 부르고 두손모아 감사기도 드린다

여진 Lee가 안전으로 보호하며 사진으로 추억을
많이 남겼다
한반도 우리나라 가장 높은곳 백두산 천지에서
만세를 부르다

장백폭포

장백폭포 가는길
계단을 지그재그 설치하여
오르기 편하다
유황으로 보글보글 솟는 온천
섭씨53도 팻말이 있다
골짜기로 흘러 내리는
장백폭포 새하얀 세찬 물줄기
장백폭포 앞에서 사진을 찍고
온천에서 삶은 달걀 하나 먹으니
요기도되고 맛나다

화산폭발로 이루어진
천지에서 내리는 물줄기
옆으로 에워싼 산을보니
나무는 없고 거무스런 화산암
그곳엔 나무와 풀도없다
화산폭발로
이루어진 저 바위와 흙은
얼마나 많은 세월을 지났는가
천년의 세월이
저리 끊임없이 흘러 내려도
천지의 물은 계속 솟고 있는 조화여

뜨개질 여인

창 밖 활주로에 비가내리고
부슬비에 이륙허가 지연 방송에
대련공항 게이트 앞 출국사람들

맥없이 앉아 잡담하는데
병이 K,작가는 가방에서 소품꺼내어
뜨개질을 한다

현란한 손끝 움직임에 뜨개질
그많은 사람들은 웅성대는데
다소곳이 앉아 뜨개질하는 모습은
이세상 가장 아름다운 여인의 자태.

자리

궁궐같은데서 살아가는 사람
황금의 자리이다
아파트도 서민과,중류,상류가 있는
천태만상의 자리

판자집 자리 움막집 자리
월세집 자리 전세집 자리
똑 같은 사람인데 자리를 틀리게 살아간다

좋은 자리 갖기위해
꿈을꾸며 희망을 잃치않는 사람있고
허황대게 흉내만 내고 실천하지 않는 사람있고

개같이벌어 정승같이 쓰라했는데
먼저 정승같이 쓸것을 행하는사람
고난을 극복못하고 편한것   는사람

이세상 좋은자리는
반드시 땀 흘린자에게 돌아가는것
황금자리에 앉은 사람
그대보다 많은 땀 흘린 자로 생각하라

마음

좋은 생각하면
마음도 편안해지는것
마음이 불안한것은
걱정이 생기어 일어난다
공상속에 걱정이 있으니
불안과 걱정을 없애는것은
일을하면 없어진다

일을하면 땀이나고
땀이나면 마음이 상쾌해 진다
마음이 상쾌하면
생활이 즐거워지고
즐거운 마음에 행복이 온다
마음과 정신을 맑게하는 약은
땀 흘리며 일하는 곳에 있다

잘사는 길

열심히 일하는것도
열심히 배우는것도
궁극적 목적은 잘살기 위함이니

공부로 승패를 거는 사람
기술로 승패를 거는 사람
누구에게도 기대지 말고
자기가 가고싶은 길을 택하여 정진하라

알고보면
지식의 높고 낮음은
오직 본인 노력의 댓가이니

잘사는 사람은
그대보다 더 나은 장점 있고
그대보다 더 노력한 사람으로 알아야 한다

초록향기

5월이되면
아릿하고 달콤한
아카시아 향기가 퍼저 기분이 좋다

보라색 라이락 향기는
처녀의 살결인듯 은은하여 좋고
골목길 바람타고 퍼저 기분이 좋다

화단의 백합이 피면
화려하고 진한 백합향기에
온 집안 주위가 사랑으로 물들여저 좋다

가을이 오면

가을이 오면 나는
가슴에 손을 얹고
저 높은 하늘보며 말합니다

그대여
봄에 열심히 옥토를 만들어
어떠한 씨앗을 뿌렸느냐고

무더운 여름에는
구슬땀 흘리며 부지런히
잘 다듬고 가꿨느냐고

가을이 오면
저 풍만한 결실에
교만해지지 않게 감사를 배우고

오색단풍에 도취되지 않게
주변을 살펴 흥미를 조절하며
겨울준비를 미리 보안 하겠다고

저 드높은 파아란 하늘에
내 자신에게 약속을하며
내 푸른꿈을 굳게 다짐합니다

좋은것이란

좀 부족한듯 먹으면
활동하기에 아주 편하다

좀 부족한 지식이라야
항상 배우고 노력하여 익힌다

좀 부족한 몸매라야
항상 가꾸며 단련하게된다

좀 부족한 부를가지면
낭비하지 않으며 근검절약하게된다

좀 부족한 것을 안다면
어디서든 배려하고 겸손해진다

좀 부족한 가정에는
형제자매들이 서로 돕고 우애를 갖는다

좀 부족한 곳에
웃음이 만발하여 복이 들어온다

그대여 항상
넘침을 경계하고 주의하라

인내의 힘

마음에 맞지않아
분노한다면
내 자신을 돌아보지않고
남탓을 한다면
그것은
자기자신을 모르는것이니
서두름을 버리고
먼저
자기 분수부터 알아보고
뒤돌아보는 시간을 가저라
인생은 아주머언
여행길이니
고난을 겪은후라야
진정한 행복을 깨닳을 것이다

여행

여행은
그대를 원숙하게 만들어
자신도 모르게 겸손해지고

여행은
미지의 세상을 보게되어
새로운 희망의 꿈을 키워주며

여행은
시간에 중요성을 알게해주며
심신을 젊음에 생각으로 활력을 넣어주고

여행은
그대를 가슴 펴고 뒤돌아보게 하고
피곤하고 힘들어도 즐거움을 주는 자양제이다

물

물은
모든 만물에 생명이요

물은
모든 만물을 포용하며

더러우면 씻으며 흐르고
부디처도 돌어서 흐르네

물은
만물을 이롭게만 하는데

인간만이 물의 고마움 모르고
물을 오염시키는 짓을 반복하며 살아간다

습관과 운명

그대 운명을 바꾸려면
습관부터 바꿔라

습관은 어릴때부터 행동해야 하고
좋은 습관은 규칙적인 생활속에 있다

좋은 습관을 이어가면
운명도 좋은 습관으로 변하게 된다

어려움을 한탄하지 말고
고난을 극복하는 습관을 들여라

운명은 가장 어려울때
그대 행동을 시험하게 되어 있으니

좋은 습관으로
생활자체를 변화시키면 운명이 바뀐다

사람과 짐승

짐승은 사람이 잘해주면
사람에게 순종한다
그리고 배반하지 않는다

사람은 아무리 잘해줘도
위치가 바뀌지면
언제 그랬느냐하며 모른척한다

사람은 깊은 정이 들어도
자기에게 이득이 없으면
그냥 쉽게 배반한다

사람은 좀 부족한 사람이 좋고
마음이 선량하여 착한 사람이 좋고
믿음이 변하지 않는 사람이 좋다

어릴 때 친구 아니면
깊게 사귐을 피하고
그냥 그런대로 지내면 된다

사람은 내면에 그대가 모르는
아주 더러운 심보가 있다는것을
그대가 어려울때 느끼게 된다

얼굴

사람이 잘살고 못사는것은
얼굴에 나타나 있다
얼굴은 영혼의 통로이기에

얼굴에 웃음이 있으면
생기가 나타나 밝아지고
눈부터 영롱하게 빛이난다

아픈마음엔 우울한 얼굴이되고
욕심이 마음에 깃들면
얼굴색상이 어두워진다

미소띤 얼굴이 아름답고
영롱한 눈동자엔 빛이나고
생기있는 피부로 변하게 된다

거울을보면 자기얼굴에
단점을 고칠수 있으니
성형보다는 항상 미소를 담아라

좋은 친구

온화한 가정에서 자란 사람
형제자매가 많이있는 사람
배움이 비슷한 사람

일하는 사람
말씨가 좋은사람
부모에 효도하는 사람

돈을 구분해서 잘 쓰는 사람
시작보다 마무리가 좋은사람
마음이 한결같은 사람

좋은 친구를 얻는것은
부를 축적하는것보다 어려운것
좋은친구 만남은 인생반은 성공이다

건강하려면

건강하려면
적게먹고 많이 일하기

건강하려면
게으름 피우지 말고 부지런하기

건강하려면
먹는 것 가리지말고 골고루 먹기

건강하려면
자기몸에 맞게 운동하기

건강하려면
규칙적인 생활하기

건강하려면
스트레스 받을때 노래하기

건강하려면
아프기전에 예방하기

건강하려면
반드시 이성과 사랑하기

이곳이 천국

아침 한강 둘레길은
정신을 맑게하고
아!~ 이 신선한 공기여

저녁 한강 산책길은
미사리 불빛에 황홀하고
가슴이 충만 함이여

팔당대교 건너 창우리
조정 경기장 아파트 불빛
잠자던 옛벌판 명당이 되었네

남양주대교 하늘위로
자동차들의 달리는 불빛
강물위로 설치한 과학기술이여

덕소강변으로 이어지는
광진교 워커힐의 네온사인
불빛 반사되는 한강물결밴취에앉아 깊어가는 밤
아~ 이곳이
신선이 살아가는 천국이구나

6부

건강의 조건

한글날

한글의 아름다움 그대 아는가
만물의 소리 한글로 다 표현되고
알기 쉽고 쓰기 편하고 과학적이고

한글은 우리나라 자랑인데
아직도 한자를 지식인들이 좋아한다
한자 좋아하는자 사대주의 물든자 아닌가

1962년 3,1일 박정희 대통령은
공문서 한글전용을 공표했는데
안된다고 아우성친자 지식인 누구들인가?

이제는 뉘우치고 한글만을 쓰자
한자는 뜻글이라 뜻을 내어 좋다고
웃기지마라 한글은 뜻도 바로 표현된다

지식인

지식인이란
어린이하고 대화하면 어린이가 되고
농민하고 대화하면 농민다워야 하고
박사하고 말하면 박사다워야 하고
그사람이 진짜 지식인이지

어디서 인용한 학위받아 사 짜나 달고
지식인인척 우리말하다가 케어한다고
왜 케어가 한가지 뜻만 있더냐
아예 말 자체를 영어로 하면 봐주겠는데
한국말 중간에 영어와 사자성어 넣는 사례들

지식인이란?
상대방에 따라 상대방같이 행동하고
상대방이 즐겁게 말할수 있게 해주고
상대방 수준따라 아주쉽게 말해주고
상대방이 편하게 말해주는 사람이 지식인이지

지나고나면

그때 참고 끝까지 할것을
지나고 보니 인내가 부족했다

그때 더 참고 노력할것을
지나고 보니 의지가 부족했다

그때 찬스를 놓치지 말것을
지나고 보니 용기가 부족했다

그때 그시간 돌아오지 않으니
지나고 보니 내 열정이 부족했다

오늘도 지나면 또 후회하지 말고
오늘을 마지막처럼 최선을 다하자

동대문 시장

동대문 시장은
낮보다 밤이 화려하다

밤부터 시작되는 의류 배달
젊은이들이 또는 장년들이
계단을 보따리를 메고
각 가게에 전달하며
만오천보를 뛰며
간단한 식빵,또는 김밥을 먹고
구슬땀을 흘린다

가정을 위해 자신의 미래를 위해
청춘을 불사르고 있다
어린 자식을 보며 힘든일 참으며
목표를 확실하게 정해놓고
쪽잠을 자가며 열심히 땀을 흘린다
동대문 시장에 가면
정신이 번쩍들고 정말 살맛이 난다

이곳 젊은이들이 미래에 회장이 될 사람들이다

농다리

진천 농다리
개울물이 지나도록
돌을 쌓았는데 물 흐름이 휘돌아 흐른다
신라시대에 났다는 전설의 다리
농다리를 건너면
용고개 성황당 전설이 있고
고개를 넘으면 초평호수가 펼쳐진다
계곡으로 호수가 이어저 너무 멋지다
산허리 호수를 끼고 돌면
하늘다리를 건넌다
카페에서 커피를 마신다음 둘레길이 이어저
초평호 미르309 출렁다리가 있다
출렁다리중 가장 긴 다리라고 한다
손 잡아준 여진 Lee의 리드로 나도 건넜지
회원들은 쉬는동안 뷰티, 여진 Lee는
우측으로는 황토 맨발 둘레길을 돌고
다시 호수를 끼고 돌면
초평 호수에 매료된다
생거진천 ~ 살아생전에는 진천이요
사거용인 ~ 죽어서는 용인이라는 전설이 있다
호수를 벗어나면 어죽 식당에서 점심을하면
어죽이 일품이다

인현시장

충무로 추억을 담고
을지로 추억을 담은
인현시장
세상은 하늘만큼 변했는데
오직 이곳은
무엇이 그리 아쉬워
옛 그대로 자리를 지키는가
좁고 구부러진 골목길
다닥 다닥 붙은 음식점,점들
비틀어진 문을 지나 방안에 앉으면
아~ 여기는 옛날 그시대이네
양재기는 세월을 말해주듯
온갖 찌그러저 있고
그안에서 끓어오르는 김치찌개는
돼지 비개에 맛 변하지 않고
인심또한 그대로 정지되어 흘러가네